내 이렇게 살다 보니

내 이렇게 살다 보니

내 이렇게 살다 보니

한정찬 제29시집

인쇄일 │ 2025년 09월 05일
발행일 │ 2025년 09월 10일

지은이 │ 한정찬
펴낸이 │ 김영빈
펴낸곳 │ 도서출판 시아북(詩芽Book)

출판등록 │ 2018년 3월 30일
주소 │ 대전광역시 동구 선화로214번길 21(3F)
전화 │ (042) 254-9966
팩스 │ (042) 221-3545
E-mail │ siab9966@daum.net

값 12,000원
ISBN 979-11-94392-41-5(03810)

내 이렇게 살다 보니

한정찬 제29시집

시아북
詩芽BOOK

1983년 5월 2일 첫 시집 소방테마시집 『한 줄기 바람』을 발간하면서 소방 관계인들로부터 큰 사랑을 받았다. 시작詩作한 지 8년이 지날 무렵이었다.

첫 시집이 발간되자마자 어느새 나는 소방시인의 대명사가 붙여져 소방 분야에 널리 알려지게 되었고, 소방 관련 신문·잡지 등에서 먼저랄 것도 없이 서로 시집을 대서특필로 전면 광고하거나 52편의 시가 연재에 들어가기 시작했다.

그 당시만 해도 공직사회公職社會 분위기는 시를 쓰는 사람이 드문 시기, 특히 소방분야에서는 처음 있는 일이었고 소방공무원(소방관)이 시집을 발간했다는 점에서 더더욱 그러했다.

그 이후로 나는 소방 관련 신문·잡지 및 중앙 및 지방 기타 일반문예지·문학지·신문·방송 등에 꾸준하게 발표했는데, 발표한 시가 시집 한 권 분량 정도가 되면 시집 발간으로 이어졌다. 이번에 발간되는 제29집도 그러한 연장선이다.

앞으로 바람이 더 있다면 지금처럼 한 결로 꾸준히 나가길 바라며 33세에 첫 시집을 발간해 큰 사랑을 받았으니, 앞으로 네 권 더 보태 제33시집까지 발간했으면 좋겠다.

일흔에 감사할 일이 너무 많아 '내 이렇게 살다 보니'를 발간하게 되었다.
처음으로 시를 쓸 수 있는 열정의 달란트를 주신 온전하신 하느님께 감사드린다.
둘째 모두가 필요한 자연재난·사회재난 전문 강사 일을 할 수 있어 감사하다.
셋째 시심詩心을 퍼 올리는 마중물 같은 농장의 일터가 있어 감사하다.
마지막으로 늘 희망·용기의 큰 힘을 모아주는 가족들이 있어 감사하다.
그렇다. 내 삶에 있어서 시는 늘 감사하는 한 결의 꾸준한 마음이다.

2025년 팔월

한정찬

내 이렇게 살다 보니

마중물

사람아, 이 내 사람아
그 사람 그리우면

신비론 봄날처럼
신록의 여름처럼
결실의 가을처럼
인내의 겨울처럼

늘 그윽한 그 사람 향기로
마중물처럼
설렘을 주어라.
기쁨을 주어라.
사계四季를
오로지
밝고 맑게 살아가거라.

창포 菖蒲

오월 바람이 분다.
일제히 일어나는
창포는
모습이 가련하다.

오월 햇볕이 밝다.
어느새 위로받는
창포는
가슴이 서먹하다.

아침노을이 붉다.
이윽고 울림으로
창포는
손발이 저려온다.

저녁 구름이 흐른다.
일제히 드리누운
창포는
보기가 측은하다.

오월은
창포의 계절

아련한 애끓는 추억에
창포는 주상절리로 남아
오래도록 피어 있고 싶은데
세찬 비바람에
흠벽 젖어 있다.

* 주상절리(柱狀節理, columnar joint) : 암석에 발달하는 절리 중에서, 일련의 절
  리면이 교차하면서 암석이 기둥 모양으로 구분되어있는 것 혹은 그러한 구조
  를 만든 절리면을 말함.

농사를 짓다 보면

농사를 짓다 보면
수분은 혈액
햇빛은 활성제
퇴비는 영양제
비닐멀칭은 보습제
말뚝은 지주대가 된다.
농기구 다루는
편리가 숙명처럼 동행한다.

농사를 짓다 보면
해충이 친구
병균이 이웃
비바람도 길동무가 된다.
자연 친화가
온고지신으로 다가온다.

농사를 짓다 보면
시기를 놓치지 말고
과정을 잘 다스리면
수확의 으뜸이 다가온다.
정직한 노동이
농부의 참마음을 알게 한다.

농사를 짓다 보면
기다려온 계절
겨울 엄동嚴冬을
여름 염천炎天을
모두다 잘 다스리는
인내를 제대로 알게 한다.

계절의 흔적痕迹

계절의 흔적은 황량하지만
그 여정은
정말 따뜻하다.
겨울 봄이 서로 번갈아 보면
절반 겨울, 절반 봄이다.
겨울 봄이 서로 한참 겨루기하는
힘겨운 시간 여정이다.
계절의 흔적에 미련을 갖지 말자.

다가온 봄도 다가올 겨울도
절반의 복원이다.
봄이 찾아온 것
겨울을 준비하는 일.
그 흔적 알 수가 없다.
봄이 다가온 곳
겨울 채비를 하는 일.
계절의 흔적을 영영 알 수가 없는
무공無호이다.

사는 일은 참 위대하고
정말 가치 있는 일이다.
겨우내 웅크리고 살아온 생명체들이

땅 비집고 나온 새싹이 신비롭다.

봄날의 정오는
아지랑이 호사豪奢를 누리고 있다.
괭이질 삽질 호미질에 들켜버린
사금파리 조각에
눈물 반짝거리는 서러움이
계절의 흔적을 장식하고 있다.

웃음

내가 먼저 웃다 보면
그가 따라 웃게 되고
그가 먼저 웃다 보면
나도 따라 웃게 된다.

웃음은 믿음이다
웃음은 치료제다.
웃음은 해결사다.
웃음은 행복이다.
웃음은 사랑이다.

내가 먼저 웃다 보면
그가 따라 웃게 되고
그가 먼저 웃다 보면
나도 따라 웃게 된다.

낯선 눈빛

익숙한 것들이 낯설어질 때
원심분리기에 돌아가는
정량 정성분석定性分析 시료試料처럼
어지러움이 마구 도진다.

착각이 아닌지 곰곰이 생각할 무렵
봄비 업고 온 바람은 뚱땅거리며
양철 지붕 위를 마구 지나고 있다.

일기예보日氣豫報처럼
두 눈이 흐렸다 맑아지는 일은
늘 익숙한 것들로 헤어지는 연습하기
늘 익숙해지는 것들과 결별하기
너무 슬픈 이야기다.

아무리 귀가 얇아도 그렇고
아무리 얼굴 두꺼워도 그렇지
살면서 삶의 분란을 듣고
살면서 삶의 분란을 소화消火하는 일은
참 고약孤弱한 일이다.

희망希望

나는 너에게
너는 나에게
희망을 주는 향기로운 언어가 있다.

너는 나에게
나는 너에게
용기를 주는 지혜로운 말씀이 있다.

나 그리고 너
우리는
우리 모두에게
희망을 주는
감동의 사랑의 미로가 있다.

나는 너에게
너는 나에게
우리는
우리는 모두에게
외로움을 달래고 부수어 버리자.

나는 너에게
너는 나에게

우리는
우리는 모두에게
희망을 주는 노래가 있다.

나는 너에게
너는 나에게
희망을 주는 맑은 영혼이 있다.

산 밤

장맛비 천둥 치고 지나갈 무렵
송송 솟아난 가녀린 푸른 가시들이
여름 더위 가운데 서성거린다.

산책길 노천계단에 건반 두드리듯
톡톡톡 떨어져 구르는 알밤들이
아, 벌써 가을이 다가온 것을
그때서야 비로소 알아차렸나 보다.

알밤 떫은맛 헹궈내고
비로소 고소한 맛을 느낄 때쯤
내 마음은 이미 고향으로 달려가
내 유년 시절을 호출하고 있다.

고향 집 뒷산에는 아름드리 밤나무가
세월을 증명하듯이 비탈진 언덕에 서 있다.

허물어진 옛집에
아직도
아버지 온기가 서려 있다.
어머니 온기가 스며 있다.

장맛비 천둥 치고 지나갈 무렵
송송 솟아난 가녀린 푸른 밤송이가
여름 더위 가운데 서성거린다.

산책길 노천계단에 건반 두드리듯
톡톡톡 떨어져 구르는 알밤이다.

아, 벌써 가을이 다가온 것을
그때서야 비로소 알아차렸나 보다.

근황近況

내 의지는 연둣빛으로
바람을 따라 뜀박질하고 있다.
켜켜이 나이테로 얼비친 역광이
전이된 내 심장을 밟고 가버렸다.

늘 순응한 삶의 가장자리로
경건한 믿음은 굳어져 가고
생각은 조석으로 달라져도
나무뿌리처럼 굳은 심지 내리고 있다.

호사한 저녁노을이 별의 쉼표를 주워
영롱한 이음의 얼굴을 장식하고 있다.

앞만 보고 달려온 길에
유유자적한 구름 한 조각이
나를 한참을 응시하고 있다.

호식총虎食塚

태백산 천제단을 숨차게 올라가다 보면
산 길목 당골광장 호젓한 길옆에는
무명의 화전민이 호랑이에게 잡아 먹힌 무덤이 있다.
설치연대는 알 수 없으나
호환虎患 당한 사람의 무덤인 것만은 분명하다.

경고판警告板

길 가다 멈춰 눈 돌려 바라보면
도로 옆 게시판에 서 있는 표지판에
'교통사고 사망자 발생지점' 선명하게 서 있다.
사고가 다시 일어나지 않도록
운전자는 보행자조심
보행자는 차 조심을 경고한다.

흔적痕迹

옛 절터에 가면 절터다운
그 흔적이 남아 있다.

옛 집터에 가면 집터다운
그 흔적이 남아 있다.

옛 가마터에 가면 가마터다운
그 흔적이 남아 있다.

옛 성터에 가면 성터다운
그 흔적이 남아 있다.

모두 옛길로 연결되어 있다.

하나같이 사람의 흔적이다.

등대燈臺 진입 법

항구에는
바닷물 머금었다 내뿜으며
방파제 테트라포드가
이상한 소리로 울었다.

항구에
해무海霧가 사라졌다.

제모습 드러낸
빨간 등대 하얀 등대가
선명하게 보인다.

항구에서 출항 때
오른쪽 빨간 등대로
항구로 귀항 때
오른쪽 하얀 등대로
뱃머리를 돌리라고
등대燈臺 나들이 법을 알려주고 있다.

* 테트라포드(tetrapod) : 해변 항구 등에 파도를 막기 위해 설치하는 콘크리트 구
  조물.

별빛 야행夜行

밤하늘 빛나는 별 경외를 갈망한다.
유구한 수수 억 년 빅뱅의 탄생처럼
별똥별 지구 자전에 명멸하게 더 빛나.

춤추고 노래하며 믿어온 정령이다.
별 보고 길흉 점에 운명을 굳게 믿은
토속의 샤머니즘이 생활 안에 자리해.

세상 삶 고통 번뇌 불교의 경전이다.
사바의 중생구제 노여움 욕망 타파
대중의 염원 이상이 사상 속에 융합해.

철학의 토대 위에 실천한 인격이다.
학문을 숭상하고 실학을 집대성해
완성한 질서 추구가 규범 속에 실현해.

밤하늘 빛나는 별 경외로 갈망한다.
유구한 수수 억 년 빅뱅의 탄생처럼
별똥별 지구 자전에 명멸하게 더 빛나.

* 샤머니즘(shamanism) : 종교 일반 원시적 종교의 한 형태. 주술사인 샤먼이 신
  의 세계나 악령 또는 조상신과 같은 초자연적 존재와 직접적인 교류를 하며,
  그에 의하여 점복占卜, 예언, 병 치료 따위를 하는 종교적 현상이다.

시골집 풍경風景

바람 부는 날에
산 위에 구름 둥둥
비 오는 날에
도랑물 가 물소리 철철.

떠나간 그대 모습은
아직도 구름처럼 둥둥.
대답 없는 그대 목소리는
아직도 물소리로 철철.

사방이 산으로 갇히고
스러지고 삭아가는 그대 빈집에
하루는 어김없이 오가고 있다.

계곡에 부는 바람에
그대 모습이 둥둥 떠가고 있다.
흘러가는 도랑물에
그대 목소리 철철 들리고 있다.

새소리

장마 그치고 새소리도 맑았다.
무슨 뜻인지 알기 나 하는지
여러 새소리가 내 가까이에서 들려왔다.

오래전 삶이 어려운 유년 시절에
내 가까이에서 들리는 새소리는
모두가 내 편이었다.

새소리에 맞춰 내가 따라 소리 지르면
딱 맞아떨어졌다.

자음도 모음도 무슨 의미인지도 모르면서
지저귀는 새소리들은
나보다 더 유창한 소리를 내고 있었다.

농부는

농작물 심어 가꾸어온 농부는
파월의 농장을 잘 안다.
근면 성실로 살아 온 농부는
팔월의 농작물 특성을 잘 안다.

농부가 시를 쓴다면
흙을 파 일구는 관리기
김매는 호미 괭이는
시를 짓는 펜이 된다.

농사일은 대충이 없다.
어디 자식 농사에 대충이란 더더욱 없는 일처럼
치열한 자아 발견과 실현의 그 현장이다.

하늘을 이고 사는 농부는
우선 오 할이 하늘의 도움이고
그다음 오 할이 농기구를 다루는
한결같은 신성한 손길이다.

문명은 발달하여 에이아이 시대를 맞이했다.
농사는 아날로그 시대에 머물러 있어도 좋다.
농작물은 충분한 살붙이 가족이 되고

농부의 흘린 땀 보상에 충분하다.

농작물은 대부분 팔월에 성장을 마무리 한다.
아, 그 얼마나 심신을 다해 부딪히며 달려왔는가.
농부는 앞서간 농부의 흉내를 내며 살아간다.

오누월 소슬한 바람맞이를 바쁘게 하다가
칠팔월의 장마 더위쯤은 통과의례로 여긴다.

* AI(Artificial Intelligence) : 인간의 지능이 가지는 인식, 판단, 추론, 학습, 문제
  해결 따위의 기능을 갖춘 컴퓨터 시스템

아직은 서툴다

초등학교 시절 동창생 아이
수년 후 동창회 갔다가
성도 이름도 바뀐 걸 알고
이제는 고쳐 불러야겠다고 했는데
불쑥 옛 성과 이름을 부르고 말았다.

아직은 서툴다. 내가 서툴다.

죽마지우 고향 친구
얼마 전에 모임 갔다가
이름이 바뀌었다고 말해
곧장 고쳐 불러야겠다고 했는데
불쑥 옛 이름을 부르고 말았다.

아직은 서툴다. 내가 서툴다.

인연因緣

초목은 물을 낳고
계곡은 도랑물을 모아
큰 강물을 이루고 있다.

고단한 삶에 지친 영혼들이
강물에 무수히 떠내려간다.

기약 없는 긴 여로에서
기슥하는 인연이 되었다.

늘 있는 그대로 받아들인다.
진실의 외로운 존재를 외친다.

낮은 곳에 내릴 곳 점지하는
간절한 믿음이 보인다.

계절의 끄나풀은 한 길로
소망처럼
소낙비를 퍼부어도 좋다.

남돌래 정말 순수한 동행으로
울어도 참 좋을 사랑으로 남는다.

내포신도시內浦新都市, 문학으로 가꾸자

저 멀리 은근 끈기 이어온 역사처럼
오늘도 끊임없이 혼연히 이어 나갈
유구한 내포신도시 횃불 켜고 가꾸자.

천혜의 입지 조건 그 중심 터전에서
시대에 번영 이룰 중요한 염원 보태
조성된 내포신도시 조화롭게 가꾸자.

충절의 고향에서 자생한 애국충정
사람의 근본 새길 영원한 사랑처럼
다듬은 내포신도시 보람차게 가꾸자.

한 시대 뛰어넘을 해법을 찾아내고
번영된 삶을 추구 그 방안 모색하여
상생할 내포신도시 무궁하게 가꾸자.

보아라, 문학의 결 수다한 들꽃처럼
혼연히 피고 지는 내포의 그 중심에
문학 혼 내포신도시 열정 바쳐 가꾸자.

모음 꽃에 관한 단행 시조

1

아픔을 안에 삭여 뚜우 펴 호리하다
눈 흘긴 그대 모습 향기로 퍼져나가
방긋이
장난질하는
예쁜 모습 비친다.

2

웃으며 예쁘다고 구름 탄 저 모습에
이름을 지었다가 살며시 주저한다.
꽃이여
그대 향기에
내 마음이 취한다.

3

사랑을 피는 꽃에 견주는 그 평행선
비바람 햇빛 시간 모두가 어우러져
빗어낸
염원의 삶이
샘굴처럼 솟았다.

4
홀로 핀 꽃망울이 환하게 웃고 있다
그대를 닮아있다. 내 약속 요지부동
야속한
봄바람 불어
눈물이나 울었다.

5
귀여운 송이송이 빛나는 이슬방울
간절한 기도처럼 손 뻗은 영혼 뿌리
누리는
사랑 한 줌을
미세하게 흔든다.

6
열매가 생겨나길 바란 일 없었지만
발걸음 오고 가는 언저리 다소곳이
사람들
눈길 잔뜩 해
꽃향기로 퍼진다.

7
시방十方에 나비 벌이 올 일이 없겠지만
눈 안에 아장아장 걸어 온 옛 생각이
꽃잎이
떨어질 때는

그리움만 쌓인다.

8
손발을 모두 잃고 건물에 갇혔지만
두고 온 생 살붙이 돌아온 강 둔치에
이별을
정말 못 잊어
눈물만이 고인다.

9
그리움 켜 켜 쌓여 사랑은 잃었지만
햇살에 등 기대고 흘러간 구름 생각
돌아서
가고 싶은 곳
포기하며 지낸다.

10
특별한 의례처럼 자리한 새 얼굴들
약속을 한 것처럼 새로운 두근거림
이따금
울뚝도 하게
조명등이 비친다.

11
눈앞에 즐거움이 코앞에 향기로움
정신을 해맑게 해 마음을 즐겁게 해

갑자기
그대 생각에
젖어 들다 놀란다.

12
천둥이 마구 칠 때 찰나의 두려움에
기죽은 꽃잎들이 파르르 떨고 있다
그 모습
깊이 감추려
숨죽이며 보냈다.

13
비바람 모진 진통 벗어나 고요해도
아쉽다 등 돌린 뒤 찾아온 오만 생각
미련은
흐드러지게
어리석게 피었다.

14
기쁨의 택배처럼 도착한 꽃 얼굴들
밝아서 들뜬 마음 영혼도 투명하다.
슬픔을
승화로 넘은
저 꽃들이 고맙다.

15
내 눈에 확 들어 온 불붙는 꽃 덩어리
비바람 흐느끼며 지내 온 불편함도
다 잊고
환한 미소로
제 모습을 갖춘다.

16
사람들 웃음소리 머무는 공간에서
꽃들도 사람 닮아 환하게 웃고 있다.
보아라
파리올림픽
메달처럼 빛난다.

명상_{冥想}

1
그대여 일상을 잠시 접어 두고
무작정 유월을 맞이하시오.
유월은 늘 그대 편에 서서
모자람을 기꺼이 채워주고
넘침을 아낌없이 비워 줍니다.

유월은 힘이 나는 계절 일입니다.
왜냐구요.
유월은 왕성한 성장의 시작입니다.

어려운 일 고민할 일
숨차게 밀려올 때
있는 그대로 유월을 맞이하시오.

유월은 박하 차茶로 다가와
그대 머리를 해맑게 하고
그대 가슴을 설레게 해 줍니다.

유월은 살맛 나는 계절입니다.
잘 알지요.
유월은 재도약의 반성문입니다.

2
내내 안의 우주는 유월의 변방입니다.
안으로만 암팡스레 옴 추려
무한하게 작아진 나
삶의 임계점에 내 영혼이 맞닿으면
유월은 우주 영역의 무공無空이 됩니다.

그건 내 궤도가 될 것이기 때문입니다.
내 삶의 영역은 유월의 가장자리입니다.
생활에 지쳐 풀잎처럼 늘 흔들리는 나
삶의 활력 소진이 시들지 않아야 합니다.

유월은 소중한 양분의 밑거름이 됩니다.
그렇지요.
그건 내 삶이 부활하는 의미이기 때문입니다.

새 빛

어제와 별 다를 바 없는 오늘은
새 빛으로 태어난 새마음이다.

오늘에 짐을 내리면
새 빛이다.
새 빛은 잠자리 날개처럼 투명하다.
새 빛은 아침 이슬방울처럼 영롱하다.

새 빛이 없다면
오늘은 아무런 의미가 없다.

바닷가에서 일출을 보라.
술렁이는 바다에서 건져 오른 햇덩이가
오늘의 새 빛을 몰고 오고 있다.

산 위에서 일출을 보라.
고요한 산에서 떠 오른 햇덩이가
오늘의 새 빛을 몰고 오고 있다.

새 빛은 귀한 선물이다.
새 빛은 소중한 삶의 축제다.
새 빛은 새마음이다.

어제와 별 다를 바 없는 오늘은
새 빛으로 태어난 새마음이다.

약속約束

덧없이 지나간 날에
아름다운 일들을
즐거운 순간을
기꺼이 추억으로
기억하고 그리워하자.

믿음처럼
비록 슬픔이 기쁨을 갈라놓았을지라도
열정이 식지 않도록 위대한 힘을 모아
부드러운 화음으로 단합하자.

소망처럼
우리의 열정이 식지 않고 있다는 것을
입증하듯 위대한 모습으로 예 갖추고
입 맞춰 노래로 큰 포옹을 하자.

사랑처럼
오로지 진실한 용기와 행동하는 것만이
별 중의 별인 자유를 잘 누릴 수 있도록
환희를 수호하는 파수꾼이 되자.

덧없이 지나간 날에
아름다운 일들을
즐거운 순간을
기꺼이 추억으로
기억하고 그리워하자.

봉헌奉獻

길은 언제나 한 결로 하나다
옛길 둘레길은 봉헌으로
사람들을 대하자.
길이 모두 통한다는 것은
사람들이 오가며 한 봉헌으로
새 삶을 꾸리자.

사랑을 품은 하늘을 분양하며
가난을 이겨낸 사람들의 봉헌으로
성스러움을 지키자.

삼복三伏 농막에 농부가 머물 때
시원한 한 줄기 바람결의 봉헌으로
무더위를 밀어내자.

낮에 숨죽이다 어두운 밤에
제 목소리 내는 개울물 봉헌으로
어둠을 삼켜보자.

목말라 타들어 가는 농작물에
농부의 애간장이 웅크린 봉헌으로

밭고랑 바람이 지켜본다.

* 삼복三伏 : 초복 중복 말복을 총칭함. 여름철의 가장 무더운 기간.

흠숭欽崇

관습이어도 좋다.
내 옆에 있는 사람들이 얼마나 소중한지를 알고
끝없이 인간 사랑을 몸소 실천하는 사람들을
참 오래도록 그리는 흠숭해도 좋다.

제도이어도 좋다.
내 옆에 있는 사람들이 얼마나 소중한지를 알고
쉼 없이 이웃사랑을 항상 실현하는 사람들을
늘 기억하고 닮으려 흠숭해도 좋다.

법률이어도 참 좋다.
내 옆에 있는 사람들이 얼마나 소중한지를 알고
무한의 인간 존중을 바로 지켜가는 사람들을
늘 존경하고 경외로 흠숭해도 좋다.

축복 祝福

웃음을 머무는 마음의 여유가 있다는 것은
정말 생각만 해도 경이로워 성호 그을 일이다.

밤하늘의 달빛이 밝고 별들이 빛나는 것은
정말 바라보고만 있어도 큰 축복 받을 일이다.

태양이 지고 이윽고 밤이 왔을 때를 인정하는 일은
정말 얼마나 감격스러운 하루의 축복이 아니신가.

목표로 하는 일들이 절반만 이루었어도 참 감사한 일로
정말 공경하고 남은 일에 충분한 보상의 축복이다.

영혼이 있다면 두 손 모아 감사의 인사로 고개 깊이 숙여
정말 한두 마디 묵언으로 하는 기도는 축복할 일이다.

아침에 눈 뜨고 저녁에 눈 감을 때까지 별일 없었다는 것은
정말 하루를 잘살 수 있었음에 감격의 큰 축복이다.

찬양讚揚

배가 고픈 사람들은 안다.
배가 고파본 사람들은 늘 나눔을 안다.

넘어져 본 사람들은 안다.
넘어져 본 사람들은 늘 조심을 안다.
둘 다 크게 찬양할 일이다

눈 뜨면 날마다 찾아오는 시간이 있다.
바라보면 그루터기 같은 세월의 괘도가 보인다.
보일 수 있는 일이 있다는 것은 찬양할 일이다.

텃밭 일구고 풀과 씨름하는 일은 곧바로
내가 인내를 극복하며 시를 쓰는 일이다.
이 얼마나 행복하고 가슴 벅찬 일인가.
내 늑골에 부는 바람결이 있다.
이 순간 내내 모두 감사로 찬양할 일이다.

햇볕은 땀으로 옷을 흠뻑 젖게 하지만
햇볕은 젖은 옷을 잘 말리기도 한다.
바람은 알뜰하게 불고 불어 대서
내 어설픈 생각을 들춰주고 있다.
흙 파 일구는 농사일에 찬양할 일이다.

대지大地의 습기를 떠난 농작물의 뿌리는
머잖아 시들어 버릴 비참한 운명이 된다.
생명이 다해 가는 줄 이미 알면서도
희망의 끈을 놓지 않는 일은 찬양할 일이다.

찬미 讚美

낮 길이가 가장 긴 하지일 때
밤 길이가 가장 긴 동지일 때
우리는 절기의 시간에 둥둥 떠가고
계절은 노래로 찬미한다.

살면서 즐겁게 사는 일상을 보고
살면서 흥겹게 노는 모습을 보는
우리는 사계에 서서
삶의 흔적을 찬미한다.

초목 잎에 수없이 맺힌 이슬방울이
바람 불어 와르르 굴러떨어져 가면
우리는 사색에 젖어
행동의 눈길로 찬미한다.

기도로 사랑을 담아둔 마음속에
여린 생각 치켜세운 뜨거운 열정을
우리는 그리움 아로새겨
순간의 미소로 찬미한다.

찬송讚頌

구겨진 날씨 탓에 그대 하루가 젖었다 해도
바로 오늘 하루 삶의 주인공은 바로 그대다
기뻐하며 늘 찬송하라.
열정 보태 큰 주목을 받게 되는 일이다.

지루한 장마가 끝날 무렵 열성적인 목소리다.
평안을 노래하고 부드럽게 맞이하는 그대다.
건사하게 늘 찬송하라.
노래 흥얼거리는 사람들 기쁨이 충만하다.

박스를 보태면 역사 속의 미라까지 춤을 추고 있다.
어쩌다 남겨둔 인형이 힘없이 늘 웃고 있다.
참 즐겁게 늘 찬송하라.
흥겹게 즐겨 부르는 노래는 보약이 된다.

구원救援

미소는 정신을 맑게 헹굽니다.
정신을 맑게 하는 것은 바로 미소입니다.

고요는 마음을 편안하게 합니다.
마음을 편안하게 하는 것은 고요입니다.

열정은 육체를 건강하게 유지합니다.
건강한 육체를 유지하는 것은 열정입니다.

아름다운 꿈을 활짝 펼칩니다.
꿈을 활짝 펼치는 것은 아름다움입니다.

올곧음은 생각을 곧게 가지게 합니다.
생각을 곧게 가지는 것은 올곧음입니다.

행동을 바르고 옳게 실천해봅니다.
바르게 옳게 실천하는 것은 행동입니다.

회상回想

눈앞에 어룽대는 빛나는 모든 것들이
산천초목 지평선에 물의 바다 수평선에
내 생각 가물가물 원근 선을 긋는다.

늘 그리워해 오고 동경해 온 회상이다
남루한 집이 행복한 요람으로 될 무렵이다.
나는 도랑물에 바닷가 철썩거리는 소릴 듣는다.

매일 세끼를 중 두 끼를 감자 고구마로 연명한
오래전 두메산골 화전민火田民 생활이 그립다.
어려운 그때를 그리고 회상한다.

당산 골 목화밭 다래 필 무렵 환하게 웃고
다시 무명옷 깨끗이 입는 거라 생각을 한다.
바쁘다는 핑계로 살아온 날의 설레는 가슴
아직은 유효하다.

빈집에 남아 있는 사진 속의 그때를 회상한다.

경배敬拜

지그시 두 눈 감고
아무런 의미 없이
날숨 들숨으로
큰 호흡을 해본다.

가장 그리웠던 순간이 떠올라
정말 사랑했던 이름을 부른다.

지나간 시간의 길이는
침묵한 사족蛇足의 언어가 된다.

늘 부재중인 지독한 고독이
가장 먼저 달려오고 있다.

등 떠밀려 온 삶을 안고 온
무공無空이 너울 쓰고 있다.

열정으로 할 일을 확실하게 하고
땀의 대가를 제공한 굳은 믿음은
처절한 몸부림으로 일어난다.

완벽한 언어가 있다.
일이 서툴다고 자책 말고
늘 경배하는 자세로 살라고 한다.

산행은

쉼터에 몸 맡기면 마음이 편안하고
마음이 편안해서 행복이 찾아온
이 순간에는 등 뒤에 한 줄기 바람도
반가운 은혜로운 동참으로 활기차다.

바위가 갈라져서 돌멩이가 되고
돌멩이가 부수어져 모래가 되고
모래가 깨어져서 흙이 되고 있다.
갑자기 먹거리를 경작하는
식량 증산 구호의
옛 함성이 들려 온다.

산 길섶에 뚜 뚜 뚜뚜 꽃들이 피고 있다
모두 영락없는 사람들의 입 모양이다.
무언無言이 아름답게 사는 법이라 일러 준
저 수많은 꽃을 운무雲霧가 가리고 있다
자중自重하라는 큰 의미의 교훈이다.

비탈진 언덕에 노송이 바람에 흔들리고 있다.
뿌리를 들어내고 등 굽은 채로 서 있다.
저 노송의 삶을 아는 것들이 어디 세월뿐이겠는가.
산짐승 길짐승에서 모든 미물이 일생을 통해 알고

비바람 구름 햇빛 달빛 별빛도 자전과 공전으로 알고
천둥 번개 낙뢰落雷 어둠도 시간을 통해 다 알고 있다.

산행은
늘 겸허한 수양의 밑거름이다.
늘 겸양의 수련인 자양분이다.
한 걸음 한 걸음 옮길 때마다 겸손해지는
겸손해질 수밖에 없는 삶의 재발견이다.

변산반도에서

1. 솔섬

연모하는 지혜가
너무 많아서
은빛으로 반짝인다.

아름다운 그대 모습
향기로운 그대 말씀.

2. 채석강

겹겹이 쌓인 채로
인내한 세월이
넘기는 책장처럼
향기로 날리고 있구나.

오, 오랜 친구여.

3. 적벽강

그대 환한 미소 앞에
바람도 숨죽이고 있다.

오리 기다려온 가슴에
파도 소리로 시를 쓰는
그대를 나는 경외한다.

바람의 숨소리가
대밭에 숨어 있다.

파도 소리 잔잔할 때
해조음 퍼져오고
일출의 환희에서 함성이 들려 오고
일몰의 고요에서 관조가 얼비친다.

내 이렇게 살다 보니

내 이렇게 살다 보니
눈물이 저절로 마를 날 없어도
그 고비 고비마다
아, 감격이 넘쳐나서
그렁저렁 아름다운 강물로 변했네.

내 이렇게 살다 보니
손발이 달도록 안 해 본 일 없어도
그 하루 지날 때마다
아, 경건히 몸에 스며
이참 저 참 기도하는 삶을 살았네.

내 이렇게 살다 보니
희망이 희나리 그뿐으로 남아도
그 순간 맞이할 무렵
아, 환하게 웃음 짓고
내내 감사하는 마음으로 보냈네.

파도

억센 사내가
바다에서 죽어 간
눈깔을 뒤집고 있다.

시련으로 절규하는
분노의 울분을
채우는 포말泡沫이다.

보아라,
저렇게 사정없이
후려치는 성난 분노를 보아라.

밀물로 채워지고
썰물로 빠져나간 공간에
난도질당한
성화聖火가
스멀스멀 퇴적되고 있다.

보아라, 섬은
아직도
그 의미를 알지 못한다.

삶

태풍이 지나간 곳에
방풍나물은 자라나고
괭이갈매기는
새끼를 기르고 있다.

섬의 전신을 후려치는
태풍이 왔다고
놀라지 마시라.

시련이 연거푸 닥쳐도
늘 희망은 있는 법으로
사랑이 다가와
그대를 위로할 것이다.

삶의 나락을 흔드는
시련이 왔다고
절망하지 마시라.

갯바람이

해당화가
피고 지는 갯바위 옆
비릿한 갯바람에
이빨을 드러낸 파도
넘실거린다.

댓잎이
서적거리는 포구에는
일렁이는 갯바람에
이빨을 감춘 파도
숨죽이고 있다.

살다가며
슬픈 날보다 기쁜 날이
고독보다 즐거움이
더 많아지도록
갯바람은 기도한다.

죽림竹林 사람들

접도에 한 번 거른
해풍이 불어오면
여귀산 골을 따라
산바람 내려온다.
반갑다
죽림 사람들
바람처럼 잘산다.

* 접도接島 : 전남 진도군 의신면에 딸린 섬
* 여귀산女貴山 : 전남 진도군 임회면에 위치한 산

진도珍島에서

섬이 너무 많아서
더 마음속에
정기 남아 있다.

힘겨울 때 내 이야기를
다 들어 줄 파도가 있다.

진도에 와서는
너무 보배로운 섬이 많아
진도를 볼 수가 없다.

진도에 와서는
정말로
진도 이야기를 못 한다.

목격 目擊

바람도 휘어지는
아파트 흡연 장소
떠밀려 나온 사람들은
섭씨 700도 담뱃불에
시간을 달궈 놓고
바람맞이를 하고 있다.

이따금 분리배출로
오가는 사람들
성급히 온 수거차가
재활용품을
하나둘 거두어
실어 가고 있다.

아, 버려서 넘치는
이곳에는
만족은 도망가고
빈곤만 남아
고요한 햇살에
놀고 있다.

자동차 경적에
화들짝 놀란 텃새가
성호를 그으며
날아갔다.

선물로 받은 이 한때
행복 지도를 펴
시방+防에
눈길을 보낸다.

빈 섬

멀리서 바라보면
정적을 감싸 고요한
정물화.
가까이 다가 보면
울렁이다 번지는
수채화.

바위섬이 아름다워
조약돌이 너무 고와
눈부시다고
모래밭에
아침 해가 뚝 떨어졌다.

한길로 살아 온
어민漁民들은 점차 줄어들고
한 결로 사용해 온
어구漁具가 점점 삭아가고 있다.

방파제 가장자리에
다발로 묶여 펄럭이는 오방기가
세월의 아픈 흔적으로
찢기고 나부끼며

통째로 흔들리고 있다.

빈 섬에 남은 고독을
파도 소리가 불러 내
내 속살 긁어 대고
이 긴 밤 지새는 동안
섬 얼굴은 샛노랗다.

물안개

암혹은 울어
고독한 시가 되었다.

나잇살 같은
외로움이 느껴질 때
의자를 끌어당겨 앉아
손등을 내려 본다.

놀랍기도 한
환희와 슬픔은
단짝이 되었고
시와 사랑은
선악의 축이 되었다.

아직 머물 곳
못 찾은 어둠은
아픔의 고통에서
절망의 허무를 느낀다.

남몰래 싸매 온 어둠에
등 굽은 나무는

옹이 된 흔적을
서서히 드러내고 있다.

해무 海霧

바닷가에서
마음을 두었다가
미련만 남았다.

상현달 하현달이
서로 상견례 못해
앙금으로
연막을 치고 있다.

바닷가에서
마음을 두었다가
고독만 남았다.

밀물 썰물이
서로 상견례 못 해
앙금으로
장벽만 쌓고 있다.

고뇌 苦惱

가을은 뽑는 철이다.
농작물 지주대를 뽑을 때가 그렇고
무 비트 당근을 뽑을 때가 그렇다.
지즈대를 꽂은 자리들
무 비트 당근 자란 자리마다
숭숭 구멍 나도 괜찮은 일이다.
그러나, 그렇지만
내가 그 누구에게 대못질한 자리들
내가 그 누구에게 잘못한 자리들은
모두가 흔적 없는 자리다.
흔적 없는 자리가 괴롭다.
그 누구의 흔적 없는 자리에
내가 정말 괴롭다.

바닷가에

섬 바위와 파도는
불만이 참 많다.
따개비 따위의 저항은
이미 죽어 쌓여버린
패총貝塚의 흔적이다.

섬 바위와 해당화는
통곡을 크게 한다.
날아간 갈매기의 근력은
이미 소멸한 한 음절
푸념의 허언이다.

보라,
저 밀물을
저 썰물을
늘 반복되는 일이다.

파도가 왔다 가도
섬 바위는 상처를
치유할 것이다.
파도가 왔다 가도

해당화는 피고
희망은 있다.

그더에게
기도하는 마음이
선물하는 사랑이
이 바닷가에 있다.

바다에 간다

시가 그리워질 때
바다에 간다.
그곳은
외로운 섬이 있고
섦은 파도가 있는 곳.
바다에 간다.

삶이 팍팍해질 때
바다에 간다.
그곳은
고요한 섬이 있고
아픈 파도가 있는 곳.
바다에 간다.

삶에 현기증 도질 때
바다에 간다.
그곳은
섬을 다스리는 법 아는
파도가 늘 공존하는 곳.
바다에 간다.

바다에 가서

바다에 가서
울컥 울고 싶었다.
바다에 섬이
치아처럼 뿌리내려
오독 씹고 싶었다.

바다와 섬은 결국
하나가 되었다.

바다에 가서
소리 지르고 싶었다.
갯바위에 파도가
맥없이 부서져 내려
용기를 주고 싶었다.

파도와 갯바위는 결국
화해하고 있었다.

포구浦口에서 1

밀물이 밀려오면
오뚝한 언덕이
섬으로 가라앉아
갑자기 섬 행세를 한다.

썰물이 쓸려가면
오뚝한 언덕이
민낯을 드러내며
도로 오뚝한 언덕이 된다.

제 몸 헤진 오방기는
낡은 배에 매달린 채
갈매기 소리에
나부끼고 있다.

포구에 정박碇泊한 배에
견결한 삶의 흔적 보이고
멍에 같은 침묵이 고인다.

바다에는

바다에는
웃음보다 울음이
기쁨보다 슬픔이
더 많다.

바다에는
온몸으로 부딪히며
온몸이 부서지는
파도가 있다.

바다에는
침묵보다 외침이
묵언보다 투명이
더 깊다.

바다에는
웃음보다 울음이
기쁨보다 슬픔이
더 깊다.

사랑이 복병伏兵처럼

동쪽 정동진에 갔다가
기차 바퀴 같은
푸른 바다가 너울로
다가오는 것을 보았다.

남쪽 정남진에 갔다가
자동차 바퀴 같은
푸른 바다가 너울로
다가오는 것을 보았다.

아침노을에
그리운 사람을 보았다.
저녁노을에
그리운 사람을 만났다.

정동진 푸른 동해가
정남진 푸른 남해가
아침노을에 솟아났다가
저녁노을에 빨려가고 있다.

차가운 겨울 바다에
아주 당당하게
사랑이 복병처럼 서 있다.

겨울 바다는

겨울 바다는 시리다.
잠시도 가만히 있질 못하고
온몸으로 우는 파도는
겨울을 크게 원망한다.

겨울 바다는 느리다.
언제나 게을러 느려 터져서
꼬리 잡혀 우는 파도는
겨울에 잔뜩 분노한다.

겨울 바다는 아프다.
해풍에 지쳐 숨 막힌 채로
신열로 드러누운 파도는
겨울을 크게 증오한다.

아침 여명을 마중하고
저녁 어둠을 배웅하는
겨울 바다는
경이로운 도리를 안다.

동백꽃

해풍에 멍들어
무기력한 저 송이들
믿음이 원죄다.

파도에 얻어맞아
어지러운 저 송이에
사랑이 시든다.

해풍에
파도에
송이송이 떨어진
쪽빛 바닷가에
믿음 사랑 저버린
허무가 난무하고 있다.

밤새워 뒤척이다 지친
동백꽃이
빨간 아픔 견디다 못해
해무로 덮고 있다.

겨울 바다

겨울 바닷가에 갔다가
겨울 바다를 저주하는 사람아
정말로 겨울 바다가 없었다면
어찌 이 비릿한 바다 냄새를 맡고
평온을 유지하는 파도를 보겠는가.

겨울 바다를 원망하지 말아라.
태풍을 소멸시킨 겨울 바다는
이성으로 일기日氣를 다스려 오고
침묵으로 차가운 심장을 데운다.
겨울 바다를 사랑하여 보아라.

겨울 바다는
그물망의 나이테를 자르고
희망 품은 온기의 사랑으로
겨울 바다는 자신을 다스린다.

바다는

아침 바다에서 태어난
낮이 바다와 겨루기하다가
저녁 바다에 죽어 갔다.

참 위대한 바다는
하늘에서 내리는
눈雪도 포용하고
가슴에 얼룩진
사연도 덮어 준다.

바다는 목이 탄다.
서리운 언어 기침 소리
답답해 가슴 치는 소리
진실에 헛말 하는 소리
모두 다 듣다가
바다는 잠들지 못하고 있다.

겨울이 오면

겨울이 오면 늘 생각은 깊어진다.
아무튼 안 좋은 기억이 좋은 기억보다
몇 갑 절은 더 많아 그러하다.
어른이 되어 오면서 그렇게 되었다.

겨울이 오면 겁이 난다.
차가운 바람이 뼛속을 스쳐 스며들 때
한기를 맞은 뼈가 시리고 아파진다.
빙판길 걸을 때 도사린 위태위태한 일
이제 일상의 위험이 동행하는 걸음이다.

겨울이 오면 당신을 그려본다.
밤사이 깨어나 떨고 있는 문풍지 소리가
나를 더 떨게 했고 잠 못 이루게 했다.
모닥불 불빛 같은 언어가 반짝이는
당신의 모습을 수채화로 그려본다.

지금은 새벽 두 시 어두운 창문에
찬 기류에 부딪힌 겨울나무가 보인다.
겨울 언어가 울고 있는 것은
따스한 사랑이 없다는 것이다.
시린 언어를 찾아서 가슴에 데워본다.

겨울이 오면 늘 생각은 깊어진다.
아무튼 안 좋은 기억이 좋은 기억보다
몇 갑 절은 더 많아 그러하다.
어른이 되어 오면서 그렇게 되었다.

봄 생각

곳간에 눈을 틔울 종자種子가 있다.
얼마나 큰 꿈 꾸는 희망이 아니신가.

자신이 죽어 더 큰 행복을 바라고 있다.
얼마나 큰 사랑 실천하는 일이 아니신가.

지금은 살 떨리는 추운 겨울이 왔다 해도
그대 여태까지 살아온 일 헛됨이 아니다.
겨울의 침묵은 이윽고 봄을 이끌어 오고
나의 침묵은 너의 마음을 불러오는 일이다.

가슴에 쓰는 시 혈맥으로 퍼지고 소멸한다.
그대 마음의 병은 흔적 없이 나을 것이다.
저 발가벗은 겨울나무를 보시라.
머잖아 봄이 오면 푸른 잎을 토해내고
삶의 응어리진 아픔 녹여 꽃을 피우리라.

옛 산골 마을

절기를 그리움으로 살아 온 바람은
얼다나 허전할까.

묵은 논이 되고 묵은 밭이 된 땅들은
얼마나 괴로울까.

사람들 소리가 사라진 절기 앞에서
사람들 손길이 사라진 농토 위에서
세월은 얼마나 허무할까.

버티는 삭정이에 마른 풀이 걸려
바라보기만 해도 겨울 숲은 황량하다.

살얼음판 위로 갈지자로 걷는 바람이
민낯으로 막 내달려 와 머뭇거리고 있다.

갈대 꽃잎 같은 흙빛 눈이 내린다.
호젓한 옛 산골 마을에 노을이 곱다.
소중한 것들은 흩어진 사금파리 같다

겨울나무

1
겨울나무가 왜 나목으로 있는 줄 알아.
이 모진 추위를 제대로 이겨내야 하는
절박한 사연이 있어 빙설氷雪을 맞고
바람을 꼿꼿하게 이겨내고 있는 거다.

일 년에 꼭 한 번씩 죽는 나무는
그 흔적을 나이테로 남긴다.

나이테가 있어 더 단단해지는 나무는
칼바람이 두렵지 않다.
언 땅에 숨 막히는 말이 죽어도
정해진 영생을 꿈꾼다.

여전히 배고파 서러운 겨울나무는
오로지 늑골에 차오르는 푸른 눈의
화룡점정畵龍點睛만
신념으로 그리고 있다.

기다려보자.
그래도 세상은 살만한 장엄함이
확실하게 충만해 있다.

2
한 번 스친 그 바람은
다시 오지를 않는다.

산골 도랑물은 얼음에 덥혀
그 소리도 들리지 않는다.

겨울나무는
계곡 비탈에 서서
온몸으로 겨울에 부딪힌다.

겨울나무는
정말 견디기 지독한 그때가 오면
빈 가지로 채질하며 절규한다.

허공에 무공으로 손 내저으며
비어서 빛나는 빈 마음 하나
저 푸른 겨울 하늘로 간다.

겨울나무야
일흔을 맞이하니
이지는 조금은 알겠네.
그대가 왜 비탈에 서 있는가를.

겨울 여정

외로움이 도져와
견디기 힘든 겨울이다.
늑골 파고드는 고독은
차갑게 문고리에 달라붙었다.

그대여
입술 깨물며 아파하는
불꽃을 보았는가.
우쭐대다 피어오르는
흰 연기를 보았는가.

그대여
가슴 저리며 아파하는
불나방을 보았는가.
우쭐대다 사그라지는
불나방을 보았는가.

보아라,
속살 드러낸 햇살은
하루해가 지는 줄도 잊은 채
기어 내려온 산그늘에 갇혀있다.

겨울 새鳥집

겨울나무에 무허가 집이 매달려 있다.
지상에 땅 노름하는 사람들이 싫어서
나뭇가지를 기초로
아무런 다툼 없는 집을 지었다.

누구도 저 매달려있는 집을
감히 집이 아니라고
이의를 제기하지 못하고 있다.

여느 건축사 못지않게 잘 지어진 멋진 집을
해와 달 별이 놀러 오고 바람이 쉬어간다.

지난여름 저렇게 좋은 집 지어 놓고
감추고 또 감추며 여태까지 어떻게 버텨왔을까.

겨울나무 끝자락 흔들거리는
새집에
햇살이 따사롭게 반짝거리고 있다.
달빛이 윤이 나게 번들거리고 있다.
별빛이 속삭이며 장난질하고 있다.

겨울이 갈 거라고

차가움 슬그머니 몰고 온 겨울바람
따뜻한 가슴 밀쳐서 시치미를 감춘다.

훈계는 시간 미련 추억은 남아 있고
한기에 마음 아파서 생이별을 맞는다.

강추위 보일러에 고드름이 매달렸다.
입춘이 기다려져서 어지러워 눕는다.

아직도 상수리잎 매달려 졸고 있다.
삭풍에 바스락거려 눈물겨워 아프다.

끝없는 삭막함이 고독을 다스린다.
영혼에 사랑만 쌓여 죽은 이성이다.

차가움이 겨울이 갈 거라 믿고 있다.
겨우내 켜켜이 쌓인 각질 결이 보인다.

이 한때

눈송이 펄펄 내려 겨울이 춤을 추고
가랑잎 사각거려 바람의 지표 보여
이 한때
지새고 나면
자모음이 보일까.

허물이 벗겨진 채 상처가 도져왔고
낮음의 도돌이표 절박한 감정 보여
이 한때
벗어나 보면
도돌이표 그릴까.

앙상한 나목裸木 가지 찬 별빛 걸리는 날
땅 지기 농부農夫 손길 손마디 아파 보여
이 한때
보내다 보면
하늘 땅이 닿을까.

겨울 서정抒情

침묵이 고집으로 생각을 따라가면
정신을 한참 놓은 바람은 달아나고
창연한
하얀 별빛이
눈 못 감는 서러움.

차디찬 그대 음성 목청껏 세워보면
아무도 기다림의 인내를 못 기다려
입성한
겨울 동장군
화가 차는 놀라움.

겨울 삶 명예 따위 쥐어도 놓아 줄판
거친 숨 몰아쉰들 그 무슨 의미 있나
기도로
마음 정리해
영혼 씻는 정직함.

겨울 소나타

악보가 소용없어 쓸쓸한 여운이다.
현란한 언어유희 치장한 옷을 벗고
새 희망
맞이할 기쁨
햇살처럼 어린다.

음절은 모두 소멸 그리운 사랑이다.
외로운 고독 아래 허무함 주워 담고
새 소망
긍정의 환영
아름답게 비친다.

건반 위 두 손 모두 서리꽃 피어 있다.
허기진 눈망울에 오롯이 새긴 말씀
새 사랑
황홀한 환희
신비롭게 빛난다.

요즘

아직도 못 타오른 성화聖火만 남아 있고
외로운 지친 언어 생명을 간구한다.
때맞춘
부드러운 말
용서하기 참 쉽다.

여태껏 쓸데없는 말과 글 시간 낭비
강변의 조약돌로 나태를 일깨운다.
암울한
관념의 옷을
진열하기 바쁘다.

무한한 큰 그릇에 사랑이 담겨 있다고
내 생각 혁신하는 고독한 때가 왔다.
저무는
암울한 사연
전파하기 어렵다.

여러 생각

함박눈 덮은 세상 모두가 새하얗다.
구멍 난 사랑 앞에 추억을 지우려고
아픔에
몸부림치는
그리움만 보인다.

간밤에 얼어붙은 눈 얼음 위태하다.
눈발도 영하에선 위험한 흉기 되어
병원에
입원한 사연
안타까워 슬프다.

홍시에 내려앉은 흰 눈이 떨어진다.
새 소식 전해오듯 요란한 까치 소리
행여나
소식 오려나
한나절을 보낸다.

그래도

친구야 눈 오는 날 할 말이 있다 했지.
어디로 가야 할까 만나서 얘기하자.
그래도
추억이 머문
눈 쌓인 곳 그립지.

참 좋다 눈이 오면 마음이 기뻐진다.
무시로 지친 심신 회복의 기운이다.
그래도
첫 만남 자리
도진 사랑 그립지.

약속은 언약 지운 청구서 그 일부다.
희망은 은은하게 눈발을 갈아탔다.
그래도
멋진 일처럼
기다림이 그립지.

무제 無題

어금니 깨물어서 악 꿈을 물리쳤다.
어둠이 깊어지고 함박눈 쌓여있다.
간밤에
도둑고양이
까치발로 오갔다.

가슴 속 공허한 날 먼 산을 바라본다.
추억이 일어나서 막춤을 추고 있다.
마음이
뒤엉킨 채로
북서풍이 불겠다.

고통의 멍에 지고 엄동이 지나간다.
세상일 속절없이 사라져 허무하다.
일순에
왔다가 지친
영혼들이 쉬겠다.

송년 시조

1
어느새 여기까지 송년이 찾아왔다.
며칠이 지나가면 신년이 다가온다.
참으로
감사해야 할
마무리의 일이다.

때로는 날씨에도 불만을 드러냈다.
세상은 정신없이 바쁘게 돌아간다.
참으로
송구한 마음
신뢰 쌓을 일이다.

세월은 앞으로만 무조건 달려갔다.
그 고운 눈길 손길 마음길 다 보인다.
후회는
세월의 강에
띄워 보낼 일이다.

2
섣달의 세월 달력 한 장이 흔들린다.
시간에 갇힌 일이 쏜 살로 날아간다.

그렇지
안락의자에
앉은 시간 흔들려.

섣달에 겨울나무 죽어서 고요하다.
어쩌지 못한 일이 보상을 강요한다.
그렇지
나이테를 긋는
겨울나무 요란해.

섣달에 여린 햇살 시침을 떼고 있다.
바람도 빨리 달려 고지서 챙겨 든다.
그렇지
소침한 모습
얼어붙은 목소리.

3
섣달에 부는 바람 한 해의 중벌重罰이다.
엊그제 따스한 날 각 세워 침묵한다.
냉철한
이성의 머리
비장하게 가져야.

섣달에 부는 바람 내일의 약속이다.
마지막 하룻날이 각오로 창 겨눈다.
따스한

감성의 모습
태연하게 보여야.

섣달에 부는 바람 매듭을 시작한다.
다가올 일 년 설계 기초에 건축한다.
현실의
냉혹한 두 눈
화룡점정畫龍點睛 그려야.

4
덕담이 있는 곳에 사람들 모여든다.
멀어진 사람들도 되찾는 곳 되겠다.
낯익은
부드러운 삶
떠올리며 잘 살자.

해 저문 섣달그믐 어둠이 자욱하다.
오늘이 마지막 날 그 무게 느끼겠다.
시 시각
달리는 마음
여유롭게 잘 살자.

허무한 허송세월 탓한 일 일탈이다.
이루지 못한 일은 지나간 걸음이다.
이맘때

범람한 뉴스
정제하며 잘 살자.

5
정다운 추억들은 흘러간 강물이다.
야속한 시간 위에 눈물이 반짝인다.
하룻밤
지새고 나면
환희만이 남으리.

뾰족한 수도 없이 일 년이 가버렸다.
애틋한 마음 안고 물음표 다시 쓴다.
눈 들고
보내는 송년
행복으로 채우리.

해 저문 산천 안에 겨울이 잠을 잔다.
저마다 춘하추동 흘러간 세월 본다.
언 눈目이
녹아내릴 때
웃음 가득 피우리.

6
입술이 마르도록 덕담의 가장자리
서설이 시퍼렇게 손등도 다 터졌다.
삼동三冬에

견뎌온 인내
그 모습이 위대해.

저문 강 둔치에 어둠이 몰린 자리
질기게 마른 추위 한눈에 다 잡힌다.
소망에
꿈을 성취한
그 모습이 강인해.

한 해가 저무는데 상실도 한자리해
분루忿淚에 숫은 일 느낌표 다 찍었다.
이성을
조율해야 할
분기점에 안도해.

7
신년을 그리면서 맞이한 송년이다.
흘러간 한 해일이 다 지난 시점이다.
신념이
바뀐다 해도
지켜야 할 그 언약.

계획은 약속대로 지켜 온 송년이다.
모여든 기억들이 제 키를 재고 있다.
기약이

가물가물해
어둑해진 그 기억.

신년을 마중물로 맞이할 송년이다.
의연한 결의들이 찬연히 일어난다.
출발의
시작점부터
다짐하는 그 각오.

8
송년이 떠나기 전 무심코 바라본다.
이 해가 머물다간 흔적을 지워본다.
모두가
그대로인데
네 얼굴이 그립다.

한 해가 다 간다고 모두가 법석이다.
원래에 남아 있는 항아리 입을 본다.
주위에
물결치듯이
네 목소리 담긴다.

한 해의 기억 속에 잊어온 모습 본다.
힘겨워 무심해 온 스산한 분위기다.
아무도

붙잡지 않는
네 모습이 짠하다.

9
내 모습 고단할 때 사랑을 노래하리.
내 모습 우울할 때 행복을 꿈꾸리라.
내 모습
참 소중해서
살판이 나 신났다.

그대가 고맙게도 함께해 참 즐겁다.
그대가 다정하게 지내와 참 고맙다.
그대가
참 편안하게
함께라서 즐겁다.

우리가 모두 가는 이 길이 아름답다.
우리가 모두 걷는 이 뜻이 거룩하다.
우리가
너무 다정해
신성神聖 같아 참 좋다.

10
별천지 가장자리 신나는 살판 바람.
심장이 굳어 있는 제야의 큰 종소리.
자리끼

한 대접 물을
마시고야 잠들어.

문풍지 가장자리 울어댄 송년 바람.
성숙한 은혜로움 서산에 지는 노을.
이토록
은혜로운 삶
갈등마저 잠재워.

한 해의 뒤안길에 비치는 온유의 빛.
간절히 기도하며 지녀온 우리 인연.
아직도
사랑하는 법
애틋하게 갈망해.

정월 찬가正月讚歌

새해가 훤히 밝았다.
한 달의 시작이고 열 한 달이 남았다.
올해의 넉넉한 열 한 달이 남아 있다.
그래서 정월에는 기대가 설레고 벅차다.

영하의 바람이 씽씽 대고 있다.
간간이 잔설이 날리는 정월이다.
초목에 눈부신 상고대가 확 피었다.
햇살에 영롱하게 빛나고 있다.
아직 날씨는 매섭게 차갑다.
벌써 가슴에는 새싹이 돋아났다.
희망처럼 자리한 봄빛이다
정말 가슴 떨리는 삶의 시그널이다.

나이를 먹으며 참 잘살아왔다.
뒤뚱거리며 여기까지 온 먼 길이다.
세상을 바라보는 눈이 더 훤해졌다.
살아온 세월이 쌓인 만큼 농도가 짙다.
사랑의 가속도를 더 할 수 있다.
참 의미 있는 질량이다.
이제는 페달을 밟아도 좋을 반전이다.

정월에는 늘 희망 가져도 좋다.
다시 시작해 볼 다짐을 해도 좋다.
그래서 맞이한 축복의 정월이다.
멋지게 살아갈 축제의 정월이다.

새해가 훤히 밝았다.
한 달의 시작이고 열 한 달이 남았다.
올해의 넉넉한 열 한 달이 남아 있다.
그래서 정월은 가슴 설레고 벅차다.

이월 예찬二月禮讚

한 달에 이틀 혹은 사흘 빠지는 이월이다.
아무도 이설 없이 한 달을 꼬박 쳐주는 이월이다.
설렘이 벅 차는 이월은 잔뜩 기대된다.
지상의 여유로운 이월 공간에 바람이 불고 있다.

언 땅속에는 무한의 기대치들이 꿈틀대고 있다.
이월에서만 느낄 수 있는 미소媚笑만이 느껴져
고요하게 절기의 정적을 감싸고 있다.
정월의 왁자지껄함도 훈풍이 부는 삼월의 따뜻함도
분명히 아닌 이월이 명암으로 머물고 있다.
매사에 극단의 명암이 머무는 이월에는
이성을 조율하는 기대와 감성을 치켜세워도 좋다.

긍정은 늘 삶의 보루다.
삶의 나침반을 보았을 때 우리는
이미 동참할 호기로 의기양양한 법이다.
이월에 생각하고 행동에 옮기는 일은
충분한 준비가 되어 있다는 증거다.
이월이 정월 삼월에 낀 한 달이 아니라
이월 삼월을 이어 줄 이음의 시너지다.

이월에는 모자람을 채워도 된다.
가버린 아쉬운 정월 다가올 삼월이 있어 참 좋다.
신명 나는 참 즐거운 믿음의 이월이다.
눈치 안 보고 꼿꼿하게 살아갈 행복한 이월이다.

이월이 뽐내고 있다.
시작이 좋으면 끝은 볼 것도 없다 했다.
정월의 준비된 계획이 이월을 수정하고 있다.
멋져 버린 이월에 야무진 각오 가져 보자.

삼월 기대 三月期待

　겨울바람 소리가 숨죽어 녹아내린 도랑물에 눈 귀 대면 삼월은 이미 귀에 익은 빨랫방망이 소리로 들려온다.

　수다한 꽃은 모두 피어 바람에 사르르 꽃잎이 날리면 새들의 고운 소리와 학교 종소리가 땡땡땡 고운 화음이 된다.

　아, 눈부신 산하 연녹색 꿈을 안고 추위를 이겨낸 사람 사람들은 환한 웃음으로 생활에 어우러져 어깨동무가 된다.

　연초록 마음을 품으며 해맑은 얼굴로 긴 겨울잠에서 깨어난 삼월은 참을성 있는 사람들만이 가진 은근의 길동무다.

　도랑물 위에 떠내려가는 수많은 꽃잎 들이 너그러움 알려주고 십 리 절반 오리나무 이파리가 내 발길을 서둘게 한다.

　초목 이파리는 팔랑거리다 그 폭이 넓어지는 삼월에는 맨발로 땅 위에 서서 봄바람과 함께 걸으면 행복은 저절로 온다.

　항심恒心을 지니고 싶은 그대 소망이 있거든 코끝이 찡한 시장기를 느끼며 눈물겨운 정적을 느껴 보시라.

　숨결이 차오른 봄이니 안심하고 따스함으로 출발해 겸손한 자세로 밝음의 이정표를 즐겁게 세워 사랑의 노래를 크게 불러 보시라.

　겨우내 무딘 두 발에 편자를 붙이듯이 연약한 새싹이 뭉개질까 잰 걸음걸이 개미들의 연약한 날개를 바라보시라.

　밤잠을 설쳐가며 새순 돋고 꽃망울 터지는 행복한 소리가 가물가물 아지랑이 가운데 요람처럼 흔들리고 사랑처럼 피어난다.

　아무리 서둘러도 빛나는 찬란함이 햇살을 닮았다가 봄바람 감아싸고 일머리를 투명하게 얼비치다가 안개처럼 사라진다.

　삼월 햇볕 몽땅 다 받아 바위틈에 간신히 뿌리 내린 고요와 침묵을 이제는 알겠다는 텃밭 움 파의 근엄함이 물결치다 돋아난다.

　삼월 산하가 아직도 그리워 못 견딜 때 그대 그리는 마음은 새싹으로 돋아 황홀을 느끼다가 봄 들판에 나뒹굴었다.

　사락은 가고 없는 고택의 툇마루에 앉아 활짝 핀 꽃들의 향에 취해 풋풋한 기를 받아 옛 추억을 그리다가 쪽잠에 빠졌다.

　칠순 몸 잘 간수 하며 여기까지 잘 왔는데 고요한 미련 의로운 마음 안고 봉긋하게 투명한 두꺼비집 잘 지어 굳세게 살아가겠다.

사월 각오 四月覺寤

화창한 날씨가 봄봄봄 알리는 사월이다.
터지고 갈라지고 부서지는 치열한 서러움이
아픔의 진통으로 떠돌고 있다.

봄봄봄, 꽃들의 향연, 봄꽃 잔치의 사월이다.
화려하지 않아도 향기로운 순수한 꽃들처럼
늘 여유롭게 바라보며 이 한때를 보내자.

봄비, 봄비에 젖어 눈물 머금은 고통의 사월이다.
은근하게 그리움의 마력에 요란한 행동을 삼가고
몽글한 낮잠 속 노자老子처럼 유유자적해 보자.

산천초목에 꽃잎이 휘날리는 휘황한 사월이다.
꽃잎 진자리 새잎 돋아나는 자리의 사유思惟가
인생의 값짐을 다독거리고 새로운 도약을 하자.

사방에 잔인한 이별 이음새 훈풍의 사월이다.
아직도 오돌 한기가 느껴지는 피부를 바라보며
진심으로 열정을 다해 용기 있게 행동해 보자.

시방十方에 오감을 유혹하는 이 즐거운 사월이다.
애잔한 그리움이 허전한 그대 옆구리 찔러 대도

늘 긍정의 희망찬 에너지로 걸음걸음 옮겨 보자.

화창한 날씨가 봄봄봄 알리는 사월이다.
터지고 갈라지고 부서지는 치열한 서러움이
도약의 은혜로 응축하고 있다.

* 노자老子 : 춘추시대의 사상가, 대표 저서로는《도덕경》, 도가의 창시자.

사랑

　돋아난 연두색이 초록으로 그 영역을 확장해 가는 오월이게 하소서.
　대부분 봄꽃은 지고 푸른 행진이라도 하듯 산하에는 녹음綠陰으로 덮이고 있는 것처럼 우리도 꿈과 희망이 확 솟고 번져 감사하는 마음이 충만하게 하소서.
　오월은 정말 저 조화롭고 지순한 자연처럼 이해와 관용 그리고 배려가 더불어 가는 사랑의 기쁨의 파도가 넘쳐나게 하소서.
　오월에는 늘 사랑하는 마음을 실천하게 하소서.
　자연에 감사하는 마음은 누구나 사람과 사람들에게 늘 사랑하는 마음을 가지는 일을 마중물처럼 솟게 하여 늘 공존하는 때를 즐겁게 보내게 하소서.
　오월은 어린이날, 어버이날, 스승의날, 성년의 날처럼 사람과 가족들을 위하는 가정의 달이 최고임을 알고 큰사랑을 실천하게 하소서.

　'중요한 것은 사랑을 받는 것이 아니라 사랑을 하는 것이었다. - 서머셋 모옴.'

농사農事

　농사일 아무리 바빠도 늘 통 큰 여유로 큰 사랑하는 그런 오월이게
하소서.
　지난해 농사지은 논밭의 흙을 다시 파 일구고 고랑 지어 씨뿌리고
모종을 심는 일을 기꺼이 즐겁게 하는 성스러운 농부에게 사랑하는
마음을 전하게 하소서.
　오월에 머잖아 저 농토 위에 농부의 땀방울에 감복해 토해내고 온
농토에도 초록처럼 물들고 폭풍 성장하게 하소서.
　오월에는 늘 사랑하는 마음을 행동으로 보여 주소서.
　농자천하지대본農者天下之大本이 아직도 유효한 그만큼 농사는 오월이
중심이므로 슬기로운 농부의 손길 발길에 그 의미를 크게 갖게 하소서.
　오월의 농번기에 부지런한 농부의 슬기로운 손길 발길 닿는 곳마다
이 땅의 소중함이 꼭 지켜지도록 자연사랑의 의미를 깊게 부여하게
하소서.

* '농사도 자식과 같다. : 농사짓는 일도 자식을 키우는 일과 같다는 말을 뜻한다.
　- 농사에 관한 속담'.

안전安全

가정의 달로 가족 나들이와 여러 행사로 교통이동 수단이 많은 오월을 안전하게 하소서.

교통의 안전 점검, 안전 운행, 안전 예방수칙까지 잘 지켜 '교통사고 사망자 발생지점' 표시가 늘어나지 않는 안전의 달 오월이 되도록 모두가 되는 실천하는 행동의 가지게 하소서.

교통안전은 아무리 강조하고 실천해도 마음 놓을 수 없는 일이므로 매사에 침착하게 대처하는 일이 우선임을 명심하게 하소서.

오월은 농기계 농기구를 안전하게 확인 점검하여 다루게 하소서.

농사일에 다루는 기계 기구가 다양한 걸 염두에 두고 기계 기구마다 적정한 조작과 운행 방법을 반복 숙지하고 사용 전 사용 후 관리 방법도 철저히 하게 하소서.

농사용 기계 기구를 잘 사용하여 편리함을 충분히 누리고 안전한 농사 생활이 되도록 몸소 실천하게 하소서.

* 하인리히의 법칙(Heinrich's law) : 1(대형사고) : 29(경미한 사고) : 300(이상징후)의 법칙은 어떤 대형사고가 발생하기 전에는 같은 원인으로 수십 차례의 경미한 사고와 수백 번의 징후가 반드시 나타남을 뜻하는 통계적 법칙으로 재해 연속성 이론이다.

지나간 일

지난 유월 중순 무렵 농장 자리에
수다한 종류의 농작물이 고개 들고
나를 바라보았다.
고수 루콜라 세이지 로메인상추 따위 채소들은
잔인하게 시들하지만,
고구마 옥수수 땅콩 호박 수박 참외 오이 포도 줄기들이
고가 들고 햇빛을 향해 달리고 있었다.
유월 하순에 비가 내렸다.
내 간장肝腸이 타도록 기다려온 비가 내렸다.
시들어 가는 것들과 아직 더 버티고 있는
농작물에 헌혈 같은 비가 내렸다.
나는 내리는 비에 넋 놓기하고 있었다.
비 내리는 동안 숨을 참아가며
감격으로 맞이하는 기쁨이었다.
비는 나의 생명이었다.
생명인 비가 농토를 흠뻑 적셨다.
생명의 단비에 눈물까지 흘렸다.

자식 농사 子息農事

돌도 큰다는 유월의 농장에 가면 매일 달라 보이는 농작물을 보게 되리.
마치 아이들이 청소년기 자랄 때 모습 보는 것 같아 예사로운 일이 아니리.
그래서 "농사짓는 일은 자식 키우는 것과 같다."고 했는가 보다.

농장에서 가끔 혼잣말로 농작물에 말을 건네 보는 재미도 쏠쏠하다.
농작물이 쑥스러워 대답하지 않아도 그건 그리 큰 대수가 아니리.
초등학교 시절 6자를 9자로 쓴 또래 얼굴이 떠오르는 풋풋한 유월이다.

아이들이 청소년기에 키가 쑥쑥 커 가듯 농작물은 유월에는 쑥쑥 자라고 있다.
낳아 기르는 아이들, 심어 가꾸는 농작물이 자라는 모습은 거의 다 비슷하다.
그러나 성장 과정에서 기쁨 이면에 속태우고 애절한 일이 한두 번이 아니던가.

그렇다고 아이들, 농작물이 내 마음대로 되는 일이 어디 있으랴.
부모가 아이를 이기는 일, 농부가 농작물을 이기는 일이 어디에도 없으리.
다만 최선을 다할 뿐이라는 가정假定으로 아이들과 농작물을 지켜봐야 하리.

청소년기에는 아이들의 육체적 성숙에 자아실현을 위해 큰사랑과 관심을 주어야 하리.

유월에 폭풍 성장하는 농작물에 충실한 결실을 위해 종합영양제를 충분히 주어야 하리.

문득 중학교 때 교훈 '배운 대로 실천하자.'라고 하신 선생님 얼굴이 떠오르고 있다.

유월에는 저 푸른 초목 같은 올곧은 몸과 마음으로 관심과 배려가 늘 공존하게 하시고

사람마다 서로서로 밝은 사회가 되도록 기쁨과 행복이 어울려 상호 작용 충만하게 하소서.

* 사람을 청소년기의 한 가지 목표는 에너지를 잘 조절해 성공적인 방향으로 돌리는 것이다. - 버지니아 사티어

* 땅을 파는 법을 잊고 흙을 가꾸는 것은 우리 자신을 잊는 것이다. - 마하트마 간디

일과 여행旅行

이른 봄부터 여태까지 열심히 일해온 그대여, 유월에는 여행으로 새로운 삶을 일깨우고 뿌리 내리는 견문으로 삶의 새 지평을 여는 그런 멋진 계절의 유월 되게 하소서.

일은 늘 반복의 단조로움에서 심신을 피로하게 한 무게를 멍에로 짐이 되게 하지만, 견문 여행, 지식 탐구 여행, 여가 여행, 명상 여행, 봉사奉仕 여행 이 모든 여행이 삶의 중심에 기둥이 되고 대들보가 되어 늘 깨어 있는 가치 있는 혜안의 여행이 되게 하소서.

유월은 곧 폭염·장마의 집중으로 다가와 온 정성으로 가꾸어 온 농작물에 큰 피해가 없게 열성을 다해 실망이 다가오지 않도록 여유롭게 유비무환의 대비책을 잘 실천하게 하소서.

유월에는 늘 행동하는 자세가 삶과 일치하도록 신념으로 다짐하고 행동으로 마무리하게 하소서.

유월은 농작물 관리 피해 대비 곧바로 마친 후 잠시 손 멈추고 그동안 심신으로 일한 농사일 잠시 멈추고 미루어 온 심신의 여행도 영유하며 일상과 거리를 두고 내가 걸어 온 길 위의 지도를 보고 오열五列을 수정하는 그런 관조하는 삶이 되게 하소서.

유월에는 고독한 농사일을 보람으로 삼고 잠시 한숨 돌려 자연사
랑 인간 사랑 그 길을 매우 심도 있게 인식하고 일과 여행이 공존하
는 삶이 얼마나 소중한가를 다시 한번 생각하는 계기가 되어 환희로
삶의 방향이 전환하게 하소서.

* 일은 양식을 채우지만, 여행은 영혼의 양식을 쌓는다. - 여행에 관한 속담

팔월에

큰 장마 물러가고 부글부글 찜통 날씨다.
초목은 더 무성하고 사람들은 활기차다.

이제 지루한 장마도 더위에 무장해제하고
농부의 눈길에 심지 돋운 꼿꼿한 농작물은
몇 개쯤 으레 치루는 태풍을 의례를 기다린다.

커질 대로 커진 무수한 이파리들의 흔들거림에
초목은 무한한 인내로 서서
태양에 반항하듯 전열을 가다듬고 있다.

이제 비가 더 내리면 어떠하랴.
바람이 또한 더 불면 또한 어떠한가.
한 철을 못 넘기는 매미 소리도 지치고 있다.

더워지면 추워지는 것도 반드시 오는 법
팔월은 사계의 여정에서 가장 성숙한 달이다

햇빛에 젖은 옷을 햇빛이 말리고 있다.
온몸을 적신 흥건한 땀이
끈적한 물음표를 연신 남기고 있다.

팔월에는
진초록처럼 진한 사람으로 살아가자.
햇빛처럼 가물거리는 지평선에 서보자.
햇살처럼 아롱거리는 수평선을 바라보자.

지나간 칠월을 덜 잊어버리고
다가올 구월은 아직 생각하지 않았지만
이제는 감출 것도 잃어버릴 것 없는
옹골찬 팔월이다.
야심 찬 팔월의 중심이다.

팔월에는 더 큰 사랑을 꿈꾸며.
팔월에는 더 많은 나눔을 실천하며
감사하시게 소중한 감사를 하시게.

구월에

장마 끝 산사 주변에 들풀 헤집고 상사 꽃들이 무수히 피었습니다.

열대야 찜통더위가 물러가니 가늘어지는 매미 소리를 누르고 귀뚜라미 소리가 더 크게 들려 옵니다.

이제 모든 식물 잎들이 엷어져 가고 있습니다. 나도 이 가을을 위해 욕심을 비우려 마음을 단단히 먹고 있습니다.

지난여름은 유난히 견디기 힘들었던 나날의 연속이었습니다.

나는 견딜 수 없는 여름이 멀어져 간 뒤로 가을의 길목으로 발길을 돌리고 있습니다.

내가 걷는 길옆에 상사 꽃들이 예쁘게 피어나고 있습니다.

아, 아름다운 상사 꽃입니다.

내게 이제 열정으로 불붙을 사랑이 기다리고 있나 봅니다.

고개 들어 보니 훨훨 타올라 불을 뿜는 상사 꽃들이 나의 꿈을 부풀게 하고 있습니다.

기도 祈禱

　칠월에는 장맛비가 아닌 단비로 내려 자라는 농작물들이 진초록빛으로 잘 자라게 하시고 영글어 가는 농작물들은 저마다 더 충실하고 튼실한 결실이 되게 하소서.

　칠월에는 고구마 옥수수 땅콩 호박 수박 참외 오이 토란 포도들이 튼실하게 자리 잡도록 골고루 햇빛과 단비를 내려주시고 고수 루콜라 세이지 로메인상추 근대 따위 채소들의 씨앗들이 잘 여물게 하소서.

　칠월에는 농작물마다 다 다른 그들의 특성을 이해하고 생애주기를 잘 보살펴 비의 양을 적절하게 잘 조절하여 주소서.

　칠월에는 농작물에 충분히 영양을 보충 공급해 병충해로부터 보호되어 튼실하게 잘 자라고 알차게 영글도록 도와주소서.

　칠월에는 그동안 농사일로 미루어온 지인들에게 그동안 미루어온 안부를 전하고 만나 그들이 하는 일이 사는 일이 더 여유롭고 행복 충만하도록 내 소식을 전하게 하소서.

　칠월에는 무더위와 지루한 장마에도 굳건하게 잘 견디고 더위를 이겨내는 방법을 그들이 익숙하게 함께 누릴 수 있도록 어울림이 함께 하는 사람의 향기가 퍼지도록 하소서.

　칠월에는 사람마다 사는 방법이 추구하는 이상이 다름과 차이를 폭넓게 인식하여 저 짙어진 진초록처럼 사랑의 정을 듬뿍 나누는 여러 방법을 날마다 실천하게 하소서.

시월十月에

여름 내내 감정 기복이 심한 날씨가
활짝 웃으며 아무런 일 없었다는 듯이
입술을 살짝 깨물며 시월 온기로
내게 좋은 언어의 향기를 전해온다.

시월에 그리워지는 날이 많아지는 건
지난여름 못다 한 사랑이 쌓이고 쌓여
미련함에 미련이 등짐 진 내 여정의 푯말로
아직도 염전의 소금 빛처럼 반짝이고 있다.

시월에 묻노니 내 마음의 책갈피에 닿은
자전과 공전한 저 부피 질량에 융합 한
빅뱅의 사랑이 기류 타고 무공無호으로
낯선 바람처럼 울컥한 고독이 찾아왔다.

한때는 울창한 숲처럼 우람한 그대 모습이
싹 가시고 앙상한 가시처럼 흰머리 날리며
이 가을에 살며시 다가온 고마운 내 친구야
방금 가을꽃 피고 지는 저 소리 들었는가.

시월은 지워지는 수채화처럼 쉬 가버려도
그 흔적의 얼룩은 정물화로 아주 오래 남아

별을 세는 그 무한한 감동을 무정하게 지우지 못해
수다한 얼굴을 연민으로 짠하게 바라보고 있으리.

시월 동안은 사무치게 기다리는 믿음의 결실 앞에
잃어버린 것이 하도 많은 강물처럼 슬픔이 흘러가도
내 한 개 돌이 되어 고요한 강물을 일깨우기 위해
어깨가 뻐근하도록 돌팔매 던져 부숴 버리리라.

그대 마음속 빛깔처럼 오색의 황홀함에 젖어 들 때
이윽고 산천초목도 날마다 만산홍엽을 닮아가도
내 삶의 계곡에 득달로 달려온 바람에 바쁜 동행으로
낙엽이 뚝뚝 지면 내 쓸쓸한 사랑도 훨훨 불사르리라.

11월에

들깨 찐 흔적을 보며 11월을 실감합니다. 어디 찐 흔적이 들깨뿐이
겠습니까.

옥수수 참깨 콩 밀 수수 기장 벼 등 수두룩합니다. 유독 들깨 찐
흔적을 들추며 11월을 생각한다고요.

그렇지요. 암만요 그렇지요. 들깨 찐 자국을 보면 성큼 다가온 겨울
나기 준비가 시작되는 신호가 나타나기 때문입니다.

들깨 찐 흔적이 말라가면 노부부는 객지에 나간 자식들을 생각하고
한 해 동안 농사지은 농작물은 거두어 바리바리 싸 놓아두고도 그렁한
눈시울로 늘 자식들 생각에 젖어 있지요.

11월에는 사람이 그리운 달입니다. 늘 귀에 부는 바람 소리 흐르는
물소리가 들려도 짧아지는 하루의 해처럼 허망한 상처로 얼굴 바꾸고
산그늘이 내려와 마음에 오만가지 근심이 짙어집니다.

낙엽이 지고 있습니다. 생각하기에 따라 초라함이라고 해도 좋고,
여름 흔적을 지우고 있다 해도 좋습니다.

11월에는 부는 바람 소리만 들어도 허전합니다. 흐르는 물소리만
들어도 처량합니다. 그렇다고 허무함에 절망하거나 외로움에 아쉬울
필요가 없습니다. 오로지 숯불 같은 겸손해지는 따스함의 석양이면

충분히 게 만족입니다.

　들깨 찐 흔적을 보며 11월을 실감합니다. 어디 찐 자국이 들깨뿐이
겠습니까.
　옥수수 참깨 콩 밀 수수 기장 벼 등 수두룩합니다. 유독 들깨 찐 흔
적을 들추며 11월을 생각한다고요.

12월에는

열 한 장 달력은 증발하고
한 장만이 달랑 남았다.
이 한 장 달력이 다 가기 전에
후회하는 미련은 몽땅 버리자.
살갗에 찬 바람이 이는 12월에는
긍정의 고운 마음으로 보내보자.

살면서 우연히 다가온 얼굴
그 얼굴들을 떠올리며 약속하자.
마음이 닿는 간절한 기도로
오로지 믿음으로만 충전하자.
모든 것들이 움츠리는 12월에는
긍정의 강한 에너지를 보태보자.

지난날의 가장 안쓰러움은
다가올 때 성장하는 밑거름이다.
절망을 걷어내면 슬픔도
환희의 기다림으로 승화된다.
차가운 서설瑞雪이 내리는 12월에는
긍정의 그런 모습을 바라보자.

새해에는

삼백예순다섯 날
해와 달은 날마다
교대로 돌고 돌아
빛 소리 바람 일어
가슴 숨찬
한 허가 갔습니다.

새해가 시작되는
오늘은
어제와 별 다를 바 없지만
정말로 덤으로 잘 받은
삼백예순다섯 날에
감사해야 하는
영광의 축복입니다.
기도하는 경건한 마음으로
감사하는 고마운 마음으로
노력하는 근면한 자세로
함께하는 배려의 자세로
맞이한 첫날입니다.

새해의 기원은
십장생+長生처럼 오래 살기도

늘 운수대통運數大通하기도
기원하지 않습니다.
다만 소문만복래笑門萬福來로
온 세상이 화목和睦하기를
모두 기원합니다.

이 가슴 벅찬 오늘 아침,
저 붉게 타오르는 해처럼
시방十方에 따뜻함을 전해주는
너그러운 사랑을
나 너 그리고 우리 가슴에
아주 넉넉하게 담으세요.

지난해 못다 이룬 일은
너무 집착執着 말고
못 이루었으면 못 이룬 대로
너무 걱정하지 말고
올해 계획 실행의
에너지로 챙기세요.

속절없이 가버린 지난 한 해가
너무 슬퍼도 두려워하지 마세요.
어차피 삶은
무정한 퍼즐입니다.

새로 다진 새 각오로
새로운 삶을 잘 살아갈
저마다 삶의 계획을 세워
설계하고 지어가야 합니다.

늘 그리워하는 인연으로
머무는 곳에 선한 동행을
꿈꾸고 봉사 실천합시다.

새해에는 농심農心같이
믿음의 씨앗을 잘 뿌리고
소망의 정성으로 잘 가꾸어
사랑의 나눔 동행합시다.

지난해 뛰어온 사람도
지난해 걸어온 사람도
모두 동행하며 사랑을 가꾸고
모두 하나같이 사랑을 해야 할
약속의 새해 아침입니다.

아, 신이시여
이 성스러운 새해 아침은
해풍 맞으며 수평선에 솟은 해처럼
북풍 이기고 지평선에 솟은 해처럼
지고지순한 사랑의 솟구친 열망이
새로운 희망으로 마구 치솟아 나

기쁨 행복이 넘치는 여행입니다.

삼백예순다섯 날
해와 달은 날마다
교대로 돌고 돌아
빛 소리 바람 일어
아, 가슴 벅찬
한 해의 시작입니다.

새해에는
기도하는 경건한 마음으로
감사하는 고마운 마음으로
노력하는 근면한 자세로
함께하는 배려의 자세로
부디 잘 살아야겠습니다.

2월에는

일 년 동안에 다섯 개 달력이 있다면
2월에는
아직도 마음을 풀지 못해 새초롬해진
엄지손가락을 치켜세우고 웃겠다.

새해 복 많이 받으세요.
새해 복 많이 지으세요.
덕담으로 주고받은 인사말이
나목에 걸린 방패연처럼 늘어져
햇살 반짝이며 어룽거린다.

2월에는
벌써 그대를 기다리는 내 머리는
여전히 간절한 소망의 꽃망울이 몽글게 피어나고
행복한 미소로 겸손한 표정을 짓고 있다.

2월에는
묵묵히 흐르는 강물은 새들의 노래가 되고
늘 불어대는 바람은 초목의 눈이 되고
그 사이 웃으며 걷는 우리는 인연이 되리라.

2월에는
차가운 얼음을 깨고 들풀을 적시는 강물을 보라.
매서운 날씨 속에 저리 고운 매화꽃 피우는 바람을 보라.
그리 호락호락하지 않은 삶에 도전하는 사람들을 보라.
다섯 달 중 여전히 엄지손가락이다.

2월에는
입춘대길이 공통된 시제詩題처럼 내 걸려
아무리 엄동설한嚴冬雪寒이 기세부려도
성급하게 살짝 움츠렸다 눈 깜박하면 될 일이다.

2월에는
다시 시작하는 과수 일의 나무 가지치기
다시 부화하는 축산 일의 보금자리 만들기
다시 준비하는 밭뙈기 농사 퇴비 고르게 살포하기
믿음 소망 사랑의 손길을 살며시 내밀 시기다.

2월에는
이미 죽은 모든 나무의 나이테를 소생시키고
이미 말라버린 대지를 우수雨水가 적셔 주고
이미 겨울잠 자는 동식물을 흔들어 깨워 줄
아지랑이 훈풍을 만날 기약을 해도 참 좋다.

2월에는
인내의 잠금쇠를 풀어 예쁜 소망의 씨앗들을 어루만져도 좋다.
정성의 손길이 바스락거리는 대지에 섬세하게 닿게 해도 좋다.

작은 우체국 우체통에 꾹꾹 눌러 쓴 안부 한 통 부쳐도 좋다.

일 년 동안에 다섯 개 달력이 있다면
2월에는
아직도 마음을 풀지 못해 새초롬해진
엄지손가락을 치켜세우고 웃겠다.

새해 복 많이 받으세요.
새해 복 많이 지으세요.
덕담으로 주고받은 인사말이
나목에 걸린 방패연처럼 늘어져
햇살 반짝이며 어룽거린다.

3월

삼한사온에 얼다 녹다 지친
푸석한 텃밭에서
흙들의 반란이 일어났다.

3월 바람에 냉온이 희석되면
겨우내 숨죽여 온 생명체가
뛰어나와 도열 할 준비한다.

아직은 오들오들 겨울 생채기
덕장에 시래기처럼 말라 가볍다.

바람은 여전히 해작질해도
설렘에 마구 들뜬
3월은 새롭게 단장을 한다.

머잖아
땅들은 파 일구어져
긴 가르마를 타고
씨앗들은 싹틔우고
잎눈들은 눈을 떠
연초록빛을 채워갈 것이다.

3월에는
잠시 미뤄온 인연들이
서로 간 어김없이 뻗쳐
켜켜이 쌓아둔 간절함이
가슴 속 확 풀리게
기꺼이 이루게 될 것이다.

* 해작질 : 무엇을 조금씩 자꾸 들추거나 파서 헤치는 짓.

4월

삼월에서 오월 틈 사이에
제비꽃이 여기저기 피었다.
꿈속 자애로운 어머니로 보였다.
꽃을 곱게 피게한 기다림이
오롯이 반갑게 맞이하는
새로운 4월이다.

4월은 만남의 달이다.
햇살 닮은 그리운 얼굴이다.
살면서 궂은일 마다하지 않고
환하게 웃고 있다.
해 맑은 그 얼굴 보셨는가.

4월 참회의 달이다.
꽃이 피고 지는 사이에서
누리는 호사한 사람들이 있다.
꽃도 때로는 울고 있다.
흐느끼는 그 설움 보셨는가.

4월은 생명의 달이다.
돌담 위 스러질 듯 하늘거리는
여러 포기 풀이 돋아났다.

정말 경이로운 보배다.
경건히 곁에 서서 보셨는가.

4월은 희망의 달이다.
겨우내 꽃눈 잎눈으로 지낸
전지 된 포도나무 가지를 본다.
잘린 곳 떨어지는 수액 멎고
포도잎을 펼쳐지는 것을 보셨는가.

4월은 환희의 달이다.
전답에 청보리 영근 알알이
종달새 텃새를 불러 노래할 때
반투명한 숲에서 우는 뻐꾸기가
득음한 그 소리를 들어 보셨는가.

삶에 큰 의미 부여하는 일은
다 허전한 빈 마음이다.
늘 같은 방향으로 걷다가
이상과 현실이 평행 된다면
무공無호의 제로가 되는
새로운 4월이다.

오월

오월이다.
산하가 온통 연초록으로 물들어 있다.
바다는 진한 코발트 색으로 일렁거리고 있다.
하늘은 청잣빛, 흰 구름 둥둥 떠가고 있다.

오월은
스승님 하면 모든 언어가 하늘이 된다.
부모님 하면 모든 언어가 은공이 된다.
어린이 하면 모든 언어가 새 빛이 된다.

오월의
감미롭고 보드라운 바람이 분다.
짙푸른 창공의 투명한 하늘이 있다.
모두가 공경하는 상경相敬처럼.

오월에는
삶이 온통 밝은 언어로 반짝거리고 있다.
평범한 일상이 감사로 그 의미가 존경스럽다.
스승님 부모님 어린이 무지개 사랑으로 떠 있다.

오월,
언어를 문장으로 옮기자.

생각을 긍정으로 돌리자.
행동을 사랑으로 바꾸자.

오월이
향기로운 마음에 찐한 그리움이 되게 하자.
의로운 생각에 분노가 사르르 녹게 하자.
보배로운 사랑 실천이 우르르 돋보이게 하자.

유월 사랑

한 해의 중년이다.
한 해의 더위가 펄펄 살아서
신록을 만들어 가고 있다.

봄꽃은 이미 지고 새살 돋듯이
잎으로 열매로 달려가고 있다.

그간 지내 온 일이 너무 힘겨워
꽃이 진 후에야 봄꽃을 생각했다.

봄은 가고 여름이 시작될 무렵에는
꽃잎 자리가 저마다 세력을 모아간다.

하늘 땅이 닳아 오르는 유월에는
마음도 몸도 한껏 뜨거워진다.

유월에 부드럽게 마음의 문을 열고
싱그러운 바람맞이 해 보자.

거미줄 반짝이는 창틀에서
유월의 언어들이 재잘거리고 있다.

그리운 사람이여!
그대 발밑에 밟힐지도 모를
유월 제비꽃을 보시게나.

유월에는
눈目이 함부로 마주치지 못하고
절반의 사랑에 다리를 절고 간다.

한정찬 시인

□ 월간 소방문학 대표, (사)한국공무원문학협회원, (사)한국문인협회원·충남지회원·천안지부회원, (사)국제펜한국본부회원·충남지역위원회원, 한국시조시인협회원, 무천문학동인, 내포문학회원, 거창문학회원, 충남시인협회원, 천안시인회원

□ 시집 29권: 한 줄기 바람(1988), 불 꿈(1991), 불문의 시(1992), 계절의 끄나풀을 풀어 헤집고(1993), 생활이야기 동행(1993), 그리움은 언제나 꽃이 되고 별이 되어(1994), 창가에 부는 바람(1995), 기다림을 아는 자의 노래(1996), 탑의 언어(1997), 사랑의 이름으로(1999), 처용이 사는 곳(1999), 그대 가슴 속 노을 진 강가에 서서(2008), 겨울나무야, 겨울나무야(2010), 세상사는 일 감동스러움은 드물지만(2012), 내가 살아오는 동안에(2015), 세월에게 길을 묻고 그 답을 찾다(2015), 한 길을 걷고 또, 한 길을 걸어(2015), 반중 조홍감이(2015), 생각하면 그리운 사람, 부르면 눈물 나는 사람(2016), 이순 역을 지나며(2016), 익숙한 들뜸에서 설렘은 일어난다(2017), 참살이(2019), 꽃비 내리던 날(2020), 아모르파티(2020), 시 시조 동시 한마당(2022), 시의 시그널을 스캔하다(2023), 한정찬의 시 이야기(2024), 한정찬의 1분 묵상 문학(2024), 내 이렇게 살다 보니(2025).

□ 시전집 등 4권: 한정찬 시전집 「제1시전집」(2002), 「제2시전집」(2002), 한정찬 시선집 「삶은 문학으로 빛난다」(2024), 소방안전칼럼집 「공유하는 것이 더 안전하다. (영어, 일본어, 중국어, 베트남어 4개 국어 수록)」(2023)

□ 훈포장·표창·상 등: 녹조근정훈장, 근정포장, 장관 표창 5회, 청장 표창, 도지사 표창, 충남도지사 감사패, 순천향대학교 총장 감사패, 국무총리상, 도지사상 2회, 농촌문학상, 옥로문학상, 충남문학발전대상, 충남펜문학상, 충남문학대상, 충청남도문화상 외

□ 주소 : 31170 충남 천안시 서북구 광장로 260. 104동 1103호(불당동, 한화꿈에그린아파트)
□ 전화 010-7463-9632, E-mail sobangmunhak1@naver.com